# LES
# SQUARES ET JARDINS

## DE PARIS

PAR

M<sup>me</sup> GERMAINE BOUÉ

———

## LE BOIS DE BOULOGNE

PARIS

CHEZ TOUS LES LIBRAIRES

OUVRAGES DU MÊME AUTEUR :



Paris — Typographie HENNUYER ET FILS, rue du Boulevard, 7.

# LES
# SQUARES ET JARDINS
## DE PARIS



PAR

**M<sup>me</sup> GERMAINE BOUÉ**

## LE BOIS DE BOULOGNE

LE JARDIN D'ACCLIMATATION

Paris. — Typ. Hennuyer et fils, rue du Boulevard, 7.

# LE BOIS DE BOULOGNE.

Si quelque chose à Paris peut donner l'idée de la magnificence, de la grandeur et de l'ampleur du goût artistique qui caractérisent notre capitale, c'est assurément ce roi des jardins publics — le bois de Boulogne.

Bon nombre d'entre les visiteurs qui accourent de tous les points du globe sous ses beaux ombrages, se sont demandé sans doute quel était ce lieu avant que nos édiles en aient fait la plus délicieuse promenade qui se puisse souhaiter.

Plusieurs des élégantes promeneuses qui, nonchalamment appuyées aux coussins de velours de leur voiture, traversent les belles avenues, en se laissant aller au bien-être de respirer les émanations arborescentes, et le regard charmé devant toutes ces admirables perspectives, ignorent peut-être aussi l'histoire du bois.

Nous allons raconter en quelques pages et son origine et ses transformations diverses.

## I

Les anciens chroniqueurs nous apprennent qu'il existait jadis aux portes du vieux Paris une vaste forêt nommée *Roberitum*, dont le nom francisé devint plus tard Rouvray, parce que le chêne rouvre formait l'essence dominante de ses plantations. Le village de Boulogne, qui l'avoisinait, lui procura son extrait de baptême actuel, et la forêt s'appela définitivement le bois du parc de Boulogne, à la suite d'un échange fait entre le roi et l'évêque de Paris (1552). Cette forêt avait été longtemps le théâtre des exploits cynégétiques de nos rois des premières dynasties.

En l'année 1679, la presque totalité des forêts royales ayant subi une réformation, l'antique Rouvray, qui comprenait la plaine des Sablons, Clichy-la-Garenne, Saint-Ouen et la plaine Saint-Denis, resserra ses marges et prit les proportions d'un bois. Par les ordres de Louis XIV diverses améliorations forestières furent apportées au bois de Boulogne, et cet aménagement fut suivi jusqu'à notre première révolution.

Plantée toute en chênes et confusément percée, cette petite presqu'île, où la Seine serpentait en longs méandres, devait être déjà à cette époque un endroit charmant, avec son encadrement de fertiles collines, et les nombreux châteaux dont les flèches élancées et les élégantes tourelles se détachaient sur la masse noire de son frais manteau.

C'était d'abord le château de Madrid, dont l'établissement de ce nom, fréquenté aujourd'hui par les fashionables visiteurs du bois, est la provenance. François I<sup>er</sup>, la plus complète personnalité de cette race brillante et fastueuse des Valois, ce vrai Français, amateur de tous les genres de luxe, choisit le bois de Boulogne pour y élever le délicieux château de Madrid, une merveille de la renaissance, dont l'architecture étincelait splendidement sous les rayons solaires. Le mot *étinceler* n'est pas ici une métaphore ; car trois faces du royal château avaient pour revêtement un choix des plus riches émaux de Bernard Palissy, à l'imitation du palais espagnol que François I<sup>er</sup> avait habité durant sa captivité, et dont les émaillures de couleurs variées formaient l'ornementation. C'est de là sans doute que lui venait son nom de château de Madrid, ou bien de *Château de faïence,* ainsi que le peuple désignait cette construction à la fois coquette et magnifique.

François I<sup>er</sup> se plaisait à Madrid, où il donnait fréquemment de délicieuses fêtes.

Charles IX y faisait aussi de longues stations. Ce fut là qu'il composa son livre intitulé *la Chasse royale.*

Henri III appropria le château à une destination bien opposée à celle que lui avait donnée son galant et chevaleresque fondateur. Il en fit une ménagerie ! — Fortune varie ! — On y enferma des bêtes féroces, que le roi aimait voir se battre avec des taureaux. Ce triste prince, dans ses alternances de joyeusetés et de sombres pratiques, avait eu la pensée de convertir le bois de Boulogne en une nécropole, où de superbes tombeaux d'un goût original eussent été semés parmi ces pompes végétales.

La mort qui vint trancher sa carrière inquiète et bizarre, empêcha la réalisation de son projet.

Il appartenait au joyeux Henri IV de rendre Madrid à ses attributions premières, en y ramenant les joyeuses fêtes. Pendant le cours de la vie de plaisirs qui se passait là, Gabrielle, cette souveraine sans couronne, la seule peut-être dont le peuple ait gardé un souvenir charmant, Gabrielle fut logée à Madrid. Elle a soupiré sous ces arbres; son petit pied a foulé ce sol, couvert alors, je l'imagine, d'un beau tapis de gazon et de fleurs.

Combien dura cet enivrement? hélas! ce que durent les rêves d'ici-bas... Le bonheur n'est-il pas toujours accompagné d'un germe de destruction? Un fruit perfide trancha l'existence de cette belle mondaine, et le Béarnais, par suite de cette pente à l'oubli commune à tant d'hommes, accorda successivement l'hospitalité de Madrid à plusieurs autres *Gabrielles*. Plus tard, il fit disposer les salles du château pour les premières expériences des vers à soie qu'on ait faites en France.

Enfin, Madrid passa en apanage à Marguerite de Valois, comme récompense de la bonne grâce avec laquelle elle avait accepté son divorce. Les hôtes de Madrid furent dès lors choisis souvent parmi les prélats et les dignitaires religieux, durant les accès de dévotion qui s'emparaient de la noble châtelaine. D'ailleurs, quand Marguerite avait à se repentir trop vivement de la vie plus que mondaine qui animait par intervalles sa belle résidence, elle avait pour ressource d'aller s'humilier à l'abbaye de Longchamps, traînant à sa suite un saint auxiliaire, Vincent de Paul, alors son aumônier.

Louis XIII fut le dernier des hôtes royaux de Madrid. Louis XIV s'y trouva trop à l'étroit; et Louis XV y fit construire une chapelle dédiée à saint Louis; ce qui n'empêcha pas le château d'être vendu en 1793, et adjugé à une compagnie de démolisseurs qui furent ruinés par les frais, tant l'édifice était solide !

Rien ne reste plus aujourd'hui de la brillante habitation de François I<sup>er</sup>, que quelques-uns de ces *azulejos* conservés comme reliques à la porte du restaurant bâti sur l'emplacement du palais. Et sur le lieu même où tant d'épisodes intéressants, tant de doux et spirituels propos ont marqué le passage des hôtes illustres de Madrid, chacun peut maintenant venir en pèlerinage moyennant le prix d'une côtelette ou de quelques œufs frais. Revirement des choses du monde!

Louis XV ne fit à Madrid que des séjours passagers ; il lui préféra la *Muette* ou plutôt la *Meute,* ainsi qu'on appelait le pavillon servant de rendez-vous de chasse à Charles IX, et qui fut plus tard converti en château. La *Muette* servit de résidence à la duchesse de Berry, fille du régent, et fut, dit-on, le théâtre de fêtes aussi bruyantes que licencieuses.

Louis XIV venait fréquemment à la *Muette* accompagné de quelques favoris, au nombre desquels se distinguait par sa familiarité le duc de Richelieu, son premier gentilhomme. Afin de sauvegarder la dignité royale, au milieu du sans-gêne qui régnait dans ces réunions, le roi y prenait le titre de baron de Gonesse.

Nous devons mentionner comme fait se rapportant à cette époque, que le duc d'Orléans et plusieurs autres grands seigneurs ouvrirent alors dans la plaine des Sablons les premières courses de chevaux qui aient été introduites en France.

Le dauphin et Marie-Antoinette vinrent passer à la Muette les premiers jours de leur mariage. Ce fut là aussi qu'on vit, le 29 novembre 1783, l'inauguration du premier aérostat lancé par Pilastre de Rosier et le marquis d'Arlandes.

C'est encore à la Muette que Audinot installa, en 1785, de petits *puppazzi* qui eurent grande vogue.

Les dernières années de la monarchie ravivèrent un peu la splendeur du bois de Boulogne. C'est à cette époque qu'il faut placer la véritable origine de Bagatelle, qui était d'abord un joli castel appartenant à la maréchale d'Estrées.

On raconte que le comte d'Artois, qui en était devenu le propriétaire, le fit démolir et reconstruire en huit jours, tel qu'il est maintenant pour satisfaire à un royal caprice de sa belle-sœur.

Cette miniature de pierre prit de cette circonstance le nom de *Folie d'Artois* avant d'être baptisée *Petit Trianon.* Mais son nom de Bagatelle a prévalu.

Les plus beaux jours du Ranelagh doivent être placés dans cette période. A l'origine, ce bal, dont l'ouverture eut lieu le

25 juillet 1774, eut des fêtes assez suivies, car l'anglomanie était à la mode.

Le doux astre de Marie-Antoinette y rayonna même quelquefois pendant le séjour qu'elle fit à la Muette en 1780. La vogue de l'établissement s'en accrut, et dès lors une société d'élite, composée de tout ce que Paris avait d'illustrations, sollicita la faveur d'assister aux bals qui s'y donnaient tous les jeudis. Mais bientôt l'ère démocratique chassa toutes ces gloires, et on ne s'amusa plus guère au bois de Boulogne ni ailleurs...

Le Directoire vint de nouveau allumer d'autres étoiles à l'aristocratique pavillon. Les *muscadins* y étalèrent leurs burlesques élégances, jusqu'à ce qu'enfin chassés par les sans-culottes, envieux peut-être de leur luxe de mauvais goût, le Ranelagh, déserté, resta fermé jusqu'en 1799.

Il rouvrit ses portes à de nouveaux coryphées lorsque Napoléon Ier eût renversé le Directoire : ce fut le temps où les belles et insouciantes reines de la fashion, les Tallien, les Récamier et tant d'autres vinrent là exécuter les différentes figures nouvellement importées à Paris par un célèbre danseur (Trenitz), dont le nom est resté à une de ces danses.

L'invasion fut fatale au bois de Boulogne ; les cosaques firent main basse sur les grands taillis pour se fournir de fagots, et coupèrent les chênes des rois pour en faire des baraques.

En 1814, Morisan, le célèbre directeur du Ranelagh, le défendit à lui tout seul contre une armée de cosaques campée dans le bois. Ces fils du Nord, trouvant plus commode d'employer des planches sèches pour se chauffer les pieds, avaient fait irruption dans le magasin de décors et s'emparaient déjà des coulisses et d'une toile de fond représentant des arbres, quand Morisan s'écria avec autant de fermeté que de présence d'esprit :

— Eh quoi ! messieurs ! vous avez-là un bois de vrais arbres à portée de vos haches, et vous voulez brûler ma forêt de carton ?...

Les cosaques se mirent à rire, et la plaisanterie sauva le Ranelagh.

Après la chute de Napoléon, les joyeuses salles de l'établissement servirent tour à tour d'écuries pour les chevaux de l'armée étrangère et de salles d'hôpital. La Restauration y ramena les fêtes : de nouvelles salles virent accourir une nouvelle société amie du plaisir, ainsi que celles qui s'y étaient succédé. Ce lieu fut le rendez-vous de tous les lions et de toutes les célébrités féminines quelque peu profanes. La duchesse de Berri elle-même honora souvent de sa présence les bals du samedi. Malgré l'ancienneté de ses titres et le souvenir de ses gloires, le Ranelagh est détrôné de nos jours par Mabille et le Château des Fleurs.

Napoléon I<sup>er</sup> trouva, à son avénement à la couronne, le bois de Boulogne dans un piteux état. Sa pensée réparatrice, qui s'étendait à toutes choses, avait compris cette promenade dans les vastes projets d'embellissement qui devaient faire de Paris le joyau de l'univers. C'est à lui que nous devons l'idée de ces belles plantations de pins, de cèdres et de cyprès dont la verdure tranche en hiver sur la tristesse des branches dépouillées des autres arbres.

Les malheurs de l'invasion entravèrent le plan de l'empereur ; mais Louis XVIII eut le bon esprit de le mettre à exécution. Les endroits les plus endommagés du bois furent reboisés par ses soins, et on traça de nouvelles allées ; toutefois, quand en 1852 il fut cédé par l'Etat à la ville de Paris, il ne présentait qu'une surface plane, aux avenues rectilignes, aux fourrés inextricables, aux délimitations indéfinies.

Le bois de Boulogne se ressentit peu de la phase éphémère de la Restauration. Charles X y chassa quelquefois. Ce sont là tous les souvenirs qui séparent 1815 de 1830. La monarchie de Juillet lui fit brèche en maints endroits par ses fortifications. Février souffla sur ces parages un vent de destruction : plusieurs châteaux et les villages des alentours furent dévastés, puis le calme et la sécurité s'étant rétablis, le bois sortit de la liste civile et rentra dans le domaine national.

Napoléon III, reprenant à son tour l'œuvre commencée par son oncle, a fait de cette forêt inculte un parc immense, dont l'ensemble forme un exquis mouvement de terrains, d'eaux cristallines, de taillis ingénieusement groupés, de percées fantaisistes aux effets aussi ravissants que pittoresques. Voilà ce que la puissance doublée de l'art sait faire !

Les premiers plans adoptés pour la création des lacs sont
dus à M. Varé. A M. Pissot, alors garde général des forêts
de l'État, aujourd'hui conservateur du bois et inspecteur,
fut dévolu le soin de les appliquer. C'est sous ses ordres intelligents que la cognée des travailleurs abattit le premier
arbre. C'est lui encore qui avait l'honneur d'accompagner, à
la tête des ouvriers, l'illustre éclaireur qui, mêlé au bataillon
en blouse comme un simple particulier, marquait lui-même
le tracé des routes.

Toutes ces jolies allées qui s'entrecroisent dans le bois et
percent à jour ses endroits les plus touffus, lui ont enlevé

sans doute la physionomie romantique et quelque peu téné-
breuse qu'il avait jadis. Mais qui donc s'en plaindrait, quand
par ce moyen on a purgé la belle promenade de ces sombres
tragédies de duels et de suicides dont ses recoins mystérieux
étaient si souvent le théâtre ! On ne se tue guère en plein
soleil, et la vie qui bat si énergiquement aujourd'hui au bois
de Boulogne, a effarouché la mort ! Quel est le cerveau ou
l'âme malade qui ne serait pas ramené à de saines idées
en voyant la nature et l'art s'interposer contre des projets
funestes ? Est-ce que ces chênes si bien peignés pourraient se
transformer en gibets, et ces beaux ormes civilisés porter la
hart ? Sous cet air chargé de parfums, à travers ces clairières

semées de myosotis et de violettes, le cœur le plus gros de l'amertume de la vie doit se laisser prendre encore à de fallacieuses espérances !...

Nous ne saurions décrire l'infinité de routes qui déroulent leurs mille circuits sur une longueur de 94 kilomètres, de telle sorte qu'on peut faire 25 lieues sous les frais ombrages de ce joli bois de Boulogne sans fouler le même terrain.

Une des voies principales est l'avenue de Saint-Cloud, qui forme, avec l'allée de Longchamps et la route des fortifications, un triangle irrégulier. L'allée de la reine Marguerite (qui est le même chemin par où la charmante princesse se rendait à l'abbaye) vient couper ce triangle aux deux tiers de sa hauteur, en traversant le bois, de Neuilly à Boulogne.

Quant à l'avenue de l'Impératrice, qui part de l'arc de l'Etoile et se dirige sur le bois, ce n'est pas seulement une magnifique allée, mais elle offre dans son parcours une collection d'arbustes la plus riche et la plus complète qui soit en Europe. Quatre mille sujets différents représentent à peu près tous les arbustes qui peuvent, sous nos latitudes, charmer et recréer la vue. Les fleurs éclatantes des pétunias, des géraniums, des verveines et des balisiers, groupées en bouquets dans des corbeilles, relèvent la monotonie du vert uniforme de la pelouse qui s'étend de l'arc de Triomphe jusqu'à la route des Lacs.

Ces grandes allées, dont les unes circonscrivent l'étendue du bois, et les autres développent au regard charmé d'admirables perspectives, sont à peu près exclusivement hantées par les promeneurs populaires. Le beau monde se complaît davantage dans les régions les plus pittoresques du bois, telles que la *mare aux Biches*, l'*allée Fortunée*, la *butte Mortemart*.

## II

Les habiles artistes qui ont mis en œuvre le plan tracé par une main impériale dans l'ordonnance actuelle du bois, avaient bien compris que les belles eaux jouent un rôle indispensable dans la décoration d'un paysage. Aussi avec quel amour et quelle entente de l'harmonie et du charme des effets

ils ont disposé l'eau de la Seine attirée par les lois de la sta-
tique jusqu'au sommet de la butte Mortemart !

De ce gigantesque réservoir sortent la plupart de ces cascades bondissantes, de ces rivières sinueuses, de ces ruisselets
argentins qui avivent et entretiennent la magnifique végéta-
tion du bois de Boulogne.

Le cèdre robuste qui couronne la butte, se trouvait jadis à
quarante pieds au-dessous, et il s'est vu transplanté un beau
jour, avec la masse énorme de terre qui y adhérait, comme
s'il se fût agi d'une simple fleur.

Suivons un peu le cours de ces eaux. Voici d'abord la cascade
nommée la *Source*, parce que d'elle semblent découler tous
les courants. L'onde s'échappe du milieu de roches sauvages
portant à leurs flancs de sombres arbustes. De longues lianes
qui tremblent au vent, dessinent leurs vertes arabesques sur
la poussière humide, ou tantôt viennent raser le sol couvert
tout à l'entour d'un gazon épais et moelleux.

Le lac supérieur dort là sous le soleil, aux pieds de la
*Source*, et vient s'étendre jusqu'au *rond des cascades*, où il
fusionne avec le lac inférieur, creusé en contre-bas.

Ce *rond des cascades*, où viennent aboutir les plus jolies
routes du bois, est le point où affluent sans cesse les visiteurs.
De ce lieu, en prenant au hasard un des mille sentiers irré-
guliers dont la courbe capricieuse ondule par de frais détours
jusqu'à la margelle des eaux, on aboutit à l'escadrille de la
flotte appareillée pour la traversée aux îles.

Car il y a des îles sur la rivière, deux fraîches et mignonnes
retraites que la nature semble avoir fait surgir en riant du
fond des eaux ; là, dans les massifs d'arbustes rares et sur
les saules inclinés, chantent des nuées d'oiseaux, tandis que
des phalanges de cygnes se jouent sur l'eau frissonnante, à
travers les roseaux et les nénufars.

De frêles et gracieuses embarcations, conduites par des ma-
telots revêtus d'élégants costumes, sont toujours prêtes à
cingler dans toutes les directions du lac. Prenez au hasard ;
laissez-vous bercer sur cette onde limpide et nonchalante ;
ouvrez votre poitrine à l'air vivifiant, aux parfums salubres
des arbustes et des plantes fontinales qui bordent le rivage.

Puis, si la traversée vous a mis en appétit, la côte n'est pas
inhospitalière. Allez aborder au restaurant du Châlet. C'est
là qu'on déjeûne, dîne ou soupe, au gré des passagers, et
dans les meilleures conditions de confort parfait et d'un ser-
vice irréprochable.

A l'issue du lac inférieur, les eaux, un instant captives
dans une charmante cascatelle, tombent tout droit dans un
gouffre pratiqué sous la voûte, mais elles en ressortent vite,
et, partagées en trois ruisseaux, elles s'en viennent s'étendre
sur un lit de sable fin.

Le premier de ces cours, sous le nom de *ruisseau d'Armenonville*, traverse la route de l'Etoile, l'allée de Longchamps

et l'avenue des Sablons, pour se perdre enfin dans la mare
d'Armenonville.

Le second, sous le nom de *ruisseau de Neuilly*, va former,
près de la porte *Saint-James*, la mare nommée emphatique-
ment le *lac de Saint-James*.

Le troisième ruisseau porte, avec assez de dignité copieuse,
son nom de *rivière de Longchamps*.

En suivant son trajet, si nous traversons la pelouse de
Madrid, nous trouvons la pyramide appelée *croix Catelan*,
placée à peu de distance du pré de ce nom. Bien que très-
connu, nous croyons devoir relater ici l'événement raconté
par cette pierre.

## III

D'après une légende écrite autrefois en croix pleureuse et dont ce tronçon est un vestige, il s'est passé en ces lieux, sous le règne de Philippe le Bel, un crime affreux.

En ce temps florissait la gaie science des troubadours à la cour de Béatrix de Savoie, veuve de Raymond Bérenger, dernier comte de Provence. Parmi la pléïade de poëtes dont elle se plaisait à être entourée, brillait entre tous, Arnaud Catelan. Sa renommée étant parvenue jusqu'au roi, il le manda à sa cour, où le poëte se rendait tout joyeux, du consentement de la princesse.

Informé du jour de son arrivée à Paris, le roi, qui habitait le manoir de Passy, lui envoya une escorte, la forêt de Rouvray, qu'il fallait traverser, étant peu sûre.

Catelan, ayant, dans son expansion méridionale, raconté au chef de l'escorte qu'il apportait dans sa valise des présents à Philippe de la part de la comtesse, celui-ci, saisi de convoitise, l'assassina pour s'emparer de ces trésors supposés.

Mais ce crime n'eut pour le traître personnage qu'un mince profit : car il n'eut à partager avec les soldats, ses complices, que des liqueurs et des parfums, seuls trésors contenus dans la valise.

Ce misérable eut l'insigne audace de se présenter devant le roi, à qui il vint dire qu'on n'avait point trouvé le sire de Catelan au lieu indiqué. Néanmoins, par des ordres souverains, on fit une battue dans la forêt, et le corps du pauvre troubadour fut trouvé dans un épais fourré, à l'endroit même où l'on voit aujourd'hui la pyramide.

Le roi fut très-affligé de cet événement; et, par une imprudence providentielle, le commandant ayant, quelques jours après, imprégné ses habits d'une essence qui ne se fabriquait qu'en Provence, les soupçons furent éveillés; on fit des perquisitions qui amenèrent la découverte du méfait, et les coupables furent condamnés à être brûlés vifs et à petit feu.

Mais tout s'efface, le sang comme autre chose. Aujourd'hui on danse sur cette herbe souillée, et tous les plaisirs se donnent rendez-vous à ce rond-point du pré Catelan. Ceux qui ont assisté là à une fête de nuit, qui ont vu la représentation d'une pastorale, sur ce théâtre de roches moussues, dont la toile était un rideau de verdure et de fleurs, diapré des reflets fantastiques de la lune, n'oublieront jamais la vision féerique qui, durant quelques heures, transportait hors de la vie réelle.

La partie lointaine de cette promenade, appelée la *forêt*, offre, de tous les aspects du bois de Boulogne, le plus vigoureux de ton. C'est immense et sauvage. Les chênes centenaires y groupent leurs frondeuses branches enlacées par les vagabondes pousses de lierre terrestre, qui mêle sa grâce douce et agreste aux chèvrefeuilles odorants et aux digitales élégantes.

En sortant de la mare aux Biches, la rivière se dirige vers le lac de Longchamps et suit la direction de la grande avenue de ce nom, pour aller perdre ses eaux dans un assemblage d'îlots, lesquels se déversent dans la grande cascade.

C'est ici que l'art a fait des prodiges ; on pourrait réellement se croire dans les Alpes ou les Pyrénées, à la façon dont on a combiné les blocs et les gradins de rochers. Ces masses énormes arrachées à la forêt de Fontainebleau, forment un entassement gigantesque à travers les interstices duquel l'eau mugit et se précipite, laissant transparaître derrière son nuage irisé, des plans rougeâtres ou bruns qui sont des champs ; puis, çà et là, de magnifiques habitations ; plus loin, les riants coteaux de Sèvres et de Saint-Cloud ; puis enfin, plus loin encore, des lignes de plus en plus bleuâtres qui vont mourir effacées au bord du ciel.

Disons pour les amateurs de chiffres, que les trois chutes distinctes de la cascade mesurent 14 mètres de hauteur, et que sa largeur est de 60. De ce lieu, le panorama est splendide. Quatorze routes y aboutissent, ouvrant à l'œil ravi des échappées de vues sur autant de directions.

La grande cascade est la promenade sacramentelle des mariées. Les mardis et les samedis, il en vient là un essaim, roses sous leurs voiles blancs ; joyeuses et bercées encore de toutes les espérances de la vie... Chantez, sautez, jeunes femmes ! enivrez-vous de l'air pur et des parfums du bois tout un jour encore, sans vous dire que la plus belle part de votre destinée est accomplie !... Toutefois, il dépend de vous d'alléger la chaîne que vous venez de river à votre jeunesse. On peut toujours avoir un peu de bonheur sur cette terre, quand on sait trouver un plaisir dans le devoir.

## IV

Notre rapide notice serait incomplète, si nous laissions sous silence une des curiosités importantes du bois : le Jardin zoologique d'Acclimatation. Le plan général de ce jardin est un vallon à pentes insensibles, dont le milieu se trouve occupé par une rivière. La disposition et l'ordonnance de ce lieu furent confiées à M. Barillet-Deschamps, architecte paysagiste du bois, sous la haute direction de M. Alphand, ingénieur en chef, dont le goût éclairé et l'expérience acquise ont marqué une fois de plus leur empreinte.

On sait que les animaux utiles, témoignages vivants de nos conquêtes civilisatrices, reçoivent là, dans leurs enceintes respectives, les soins les plus intelligents en vue de l'acclimatation et du perfectionnement des espèces.

Une fois rendues françaises, ces bêtes exotiques s'en iront prendre place dans les fermes ; et, compagnes, ou même commensales des paysans, elles allégeront par leurs services, ou charmeront par leur grâce douce et étrange l'existence de ces hôtes des champs.

Car le Jardin d'Acclimatation, tout à fait distinct du Jardin des Plantes, n'admet dans son enceinte que des animaux utiles ou pacifiques, les carnassiers en sont exclus. Ce jardin renferme, en outre, toutes les plantes végétales d'importation étrangère qui présentent quelque utilité ou quelque agrément, et dont on multiplie, améliore et combine les nombreuses variétés.

Notre cadre ne nous permettant pas la description détaillée de tout ce que renferme cette admirable ménagerie, nous signalerons seulement aux visiteurs : la magnanerie, l'aquarium, la grande ferme, ainsi que le département des poules, des cigognes, des autruches.

Le champ des courses, où se réunit plusieurs fois dans l'année la foule des sportsmen, et tout le mouvement qui leur fait cortége, est aussi d'un puissant attrait dans les destinées actuelles du bois. Les prouesses qui s'accomplissent sur ce terrain gazonné ont du bon sans doute, puisqu'elles servent de stimulant à l'art hippique. Mais nous avouons ingénûment être si peu familiarisé avec ce genre de divertissement, que, l'unique fois où il nous a été donné d'y assister, le bon air et la course véloce des jockeys ne nous ont inspiré d'autre sentiment que l'appréhension de les voir s'aller rompre la tête sur la palissade. Au reste, toutes les gloires s'achètent, et il est très-compréhensible qu'on affronte quelques périls pour entendre les acclamations enthousiastes d'une grande foule. Seulement, nous désirerions que la palme fût à l'homme autant qu'au cheval; que les noms des deux triomphateurs, l'un portant l'autre, eussent même part d'éloges et de renommée... Nous voudrions beaucoup d'autres choses encore qui ne s'accompliront que dans le cours naturel du progrès.

Reconnaissons, en attendant, que, dans tout ce qui se fait de beau, comme dans tout ce qui se fait de grand, c'est toujours la France qui prend la tête. La première des nations n'est plus celle où le soleil ne se couche jamais ; mais bien celle qui s'applique à distribuer l'harmonie par l'ordre, par le juste, par le beau. L'histoire de l'avenir, oublieuse des conquêtes brutales, ne mentionnera sans doute aux âges de perfectionnement vers lesquels nous marchons, que les phases fécondes où, par l'art et par l'idée, le genre humain s'est racheté du mal-être et de la stagnation.

Un peuple spirituel et sensé comme le peuple français doit comprendre la haute portée d'action de la sape municipale faisant circuler l'air vital dans les bas-fonds impurs où s'étiolaient les âmes et les corps, et le calme rafraîchissant que l'esprit gagne dans son contact avec la nature.

Le bien-être physique et moral qui résulte d'une longue promenade sous les épaisses plantations élyséennes du bois de Boulogne, nous semble si peu contestable, que, si nous étions quelque ange gardien du bonheur des Parisiens, nous voudrions la leur imposer une fois au moins tous les huit jours, afin de colorer ainsi de teintes roses leurs labeurs ou leurs soucis de la semaine.

Germaine BOUÉ.

9 782329 382784